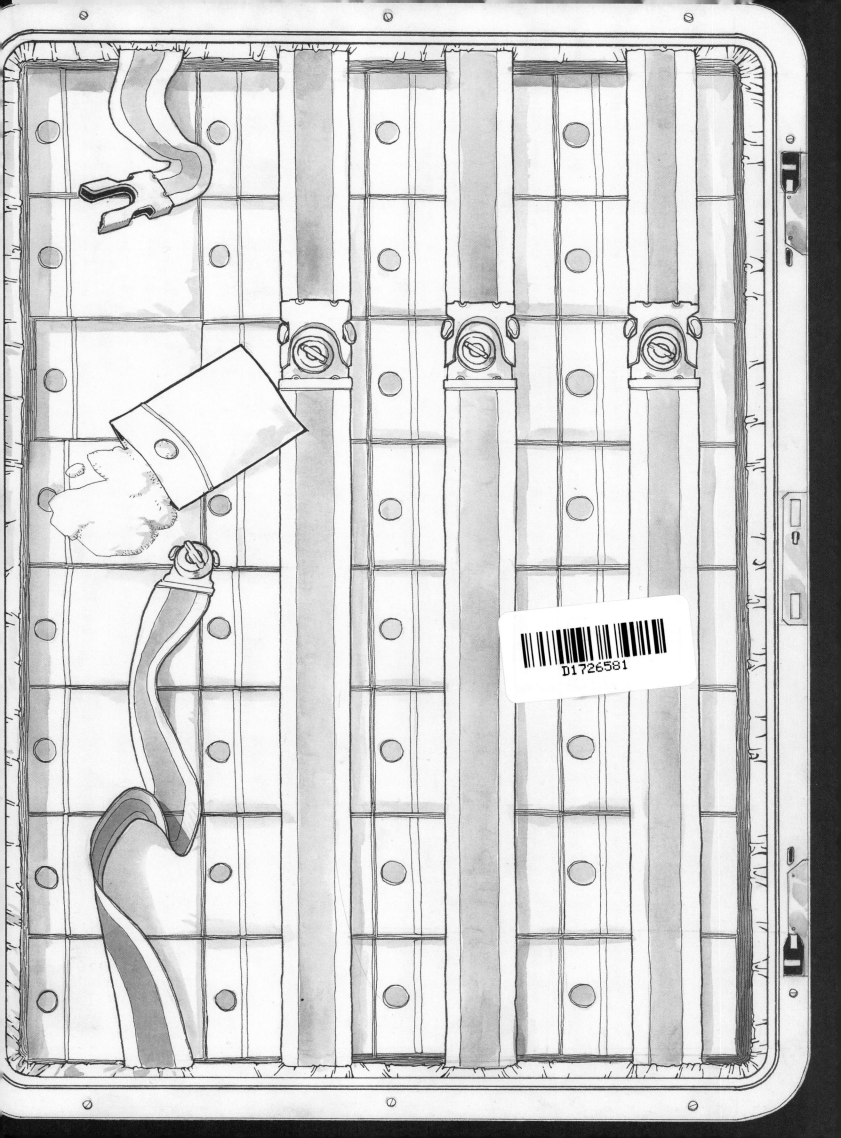

TROP DE BONHEUR

4.

Scénario
Jean David MORVAN

Dessin
Steven LEJEUNE

Couleurs
Brachypelman

DELCOURT

Merci à tous les lecteurs qui ont été jusqu'au bout. À l'éditeur pour la même raison.
À tous ceux que j'aime.

S. L.

Du même scénariste, chez le même éditeur :
• Les Aventures de Tom Sawyer, de Mark Twain (un volume) - coscénario de Voulyzé, dessin de Lefèbvre
• Les Chroniques de Sillage (cinq volumes) - collectif
• Le Cœur des batailles (un volume) - dessin de Kordey
• Le Cycle de Tschaï (sept volumes) - dessin de Li An
• L'Homme qui rit (un volume) - dessin de Delestret
• Hyper l'hippo - dessin de Nemiri
• La Mandiguerre (quatre volumes) - dessin de Tamiazzo
• Meka (deux volumes) - dessin de Bengal
• Nävis (trois volumes) - dessin de Munuera
• La Quête des réponses - dessin de Buchet
• Sept secondes (quatre volumes) - dessin de Parel
• Sillage (dix volumes et hors-série) - dessin de Buchet
• Taras Boulba (un volume) - dessin de Kordey
• Les Trois Mousquetaires, d'Alexandre Dumas (deux volumes) - coscénario de Dufranne, dessin de Rubén
• Troll (six volumes) - vol. 1 à 3 : coscénario de Sfar, dessin de Boiscommun ; volumes 4 à 6 : dessin de Labourot
• Tutti Frutti (deux volumes) - coscénario et dessin de Trantkat

Aux Éditions de l'Âge de Pierre, Paul ou Jacques :
• Les Préhistos ou tard (un volume) - dessin de Raoul Ketchup

Aux Éditions Carabas :
• Plus jamais ça (trois volumes) - dessin de Vervisch

Aux Éditions Casterman :
• Helldorado (deux volumes) - coscénario de Dragan, dessin de Noé

Chez Dargaud Éditeur :
• Al'Togo (trois volumes) - dessin de Savoia
• Fleau.world (un volume) - dessin de Whamo
• Merlin (six volumes) - tome 5 : coscénario de Sfar, dessin de Munuera

• Le Petit Monde (un volume) - dessin de Terada
• Reality Show (quatre volumes) - dessin de Porcel
• Les Routes de l'Eldorado (adaptation des dialogues) - avec Dreamworks et Munuera
• Trois... et l'ange (deux volumes) - dessin de Colombo

Aux Éditions Dupuis :
• Spirou et Fantasio (quatre volumes) - dessin de Munuera

Aux Éditions Futuropolis :
• Guerres Civiles (trois volumes) - coscénario de Ricard, dessin de Gaultier

Aux Éditions Glénat :
• H.K. (cinq volumes) - coscénario et dessin de Trantkat
• Je suis morte (deux volumes) - dessin de Nemiri
• Nomad (cinq volumes) - dessin de Savoia et Buchet

Aux Éditions Les Humanoïdes Associés :
• Nirta Omirli (deux volumes) - dessin de Bachan
• Ronces (deux volumes) - dessin de Nesmo

Aux Éditions Soleil :
• Sir Pyle (trois volumes) - dessin de Munuera
• Zorn & Dirna (quatre volumes) - dessin de Bessadi et Trannoy

Aux Éditions Vents d'Ouest :
• Jolin la teigne (deux volumes) - dessin de Rubén

Aux Éditions Zenda :
• Bunker Baby Doll (deux volumes) - dessin de Jarzaguet
• Horde (un volume) - dessin de Whamo
• Reflets perdus (un volume) - dessin de Savoia
• The Only one (un volume) - dessin de Bengal

© 2008 Guy Delcourt Productions

Tous droits réservés pour tous pays
Dépôt légal : mars 2008. I.S.B.N. : 978-2-7560-0047-3
Première édition

Conception graphique : Trait pour Trait

Achevé d'imprimer en février 2008
sur les presses de l'imprimerie Lesaffre, à Tournai, Belgique

www.editions-delcourt.fr

MARS 2030,
PANTANAL DO
RIO NEGRO.

MES RESPECTS, HUÏZILO - POCHTLI ,

MAINTENANT QUE J'AI MENÉ À BIEN LA RECONSTRUCTION DE TA GROTTE SACRÉE, JE VIENS TE DIRE AU REVOIR ,

PSCHHFFF

DEPUIS QUE TU ES TOMBÉ DU CIEL ET QUE JE T'AI APPROCHÉ, JE SAIS QUE J'AURAI LE COURAGE DE RÉALISER MON RÊVE.

C'EST TOI, Ô MON DIEU, QUI M'EN AS DONNÉ LA FORCE ...

1

3

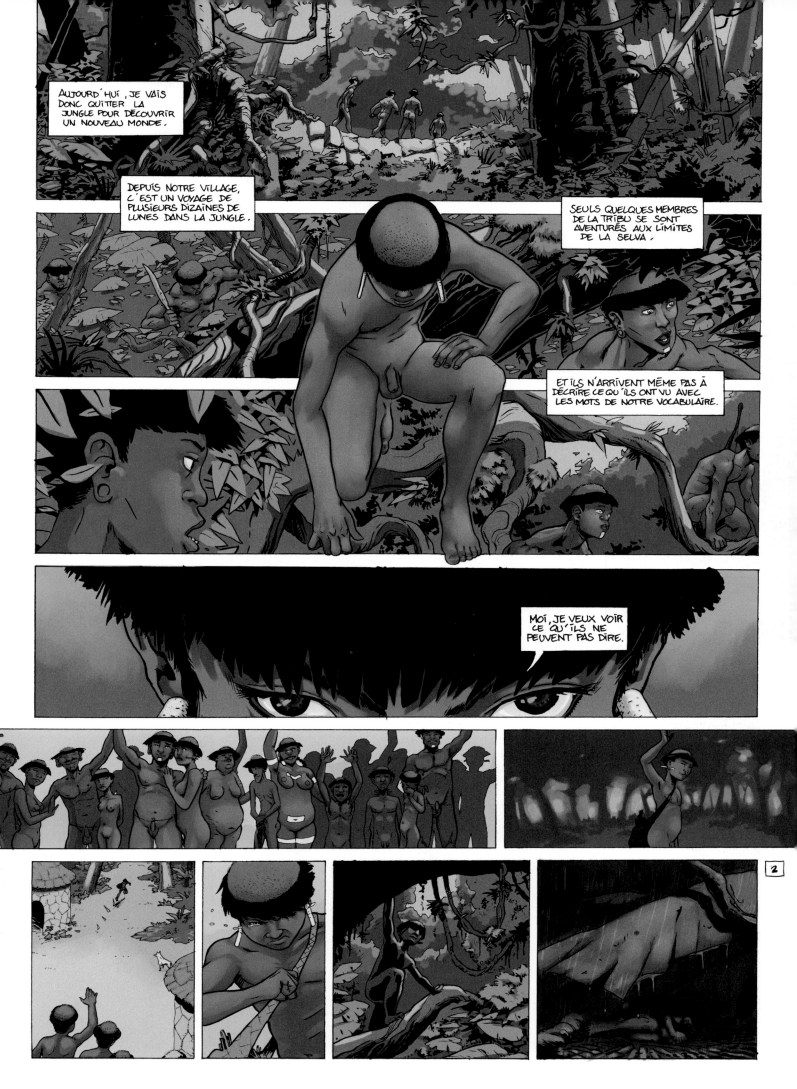

TOKYO, PALAIS IMPÉRIAL.

TOKYO, SHINJUKU.

NEW YORK, MANHATTAN.

PARIS, FRONT DE SEINE.

4

6 ANS ET 6 MOIS PLUS TARD, MARSEILLE.

JE JURE QUE JE VOUS VENGERAI.

ILS ONT ENLEVÉ HUIZILO-POCHTLI.

VOUS ALLEZ ME TROUVER LES RESPONSABLES DU MASSACRE DES NÔTRES !!

...MORTS.

TING

QUOI QUE ÇA PUISSE COÛTER, MÊME SI ÇA DOIT RUINER MON ENTREPRISE PHARMACEUTIQUE,

DES COMMANDITAIRES AUX PORTE-FLINGUES, JE LES VEUX TOUS...

T'AS ENTENDU, POCHETRON ?!!

ON FERME !

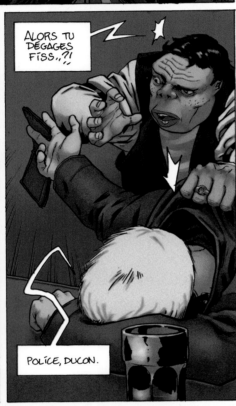

ALORS TU DÉGAGES FISS..?!!

POLICE, DUCON.

RRHHRRRR

SI VOUS VOULEZ PAS VOUS RETROUVER EN TÔLE COMME PROXO, LAISSEZ-MOI ROUPILLER !

ET RÉVEILLEZ-MOI À 7H15 PRÉCISES.

RRHHH

C'EST AU BOUT DE CE CH'MIN-LÀ...

MAIS IL EST LONG, ÇA GRIMPE SEC ET PIS LE CAGNARD TAPE SEC. DÉSOLÉ MAIS MA TITINE VA RENDRE L'ÂME VU LA PENTE.

C'EST DÉJÀ TRÈS GENTIL DE NOUS AVOIR TRANSBAHUTÉS JUSQU'ICI.

VOTRE GAMIN RISQUE D'AVOIR CHAUD, SURTOUT AVEC CETTE CAGOULE.

OUI, IL EST UN PEU MALADE...

MERCI !!

C'ÉTAIT PAS DU BLUFF, IL A RÉALISÉ SON RÊVE.

SACRÉ PAGNOL.

9

11

MERDE, IL EST DÉJÀ LÀ !

LE RIREUH DU SERGENT, LA FOLLE DU RÉGIMENT.

LA PRÉFÉRÉE DU CAPITAINE DES DRAGONS ...

DU MAL À ÉMERGER CE MATIN, ANTOINE ?

VOUS SAVEZ CE QUE C'EST,

TOUS LES MATINS, C'EST LA COURSE...

VOTRE FEMME TRAVAILLE AU FAIT ?

NON,... ENFIN JE,... ON NE SE VOIT PAS BEAUCOUP EN CE MOMENT, QUESTION D'HORAIRES.

CE SERA TOUJOURS PLUS QUE LA MIENNE, JE L'AI VIRÉE HIER.

C'EST PAS VRAI !

JE SUIS ,... DÉSOLÉ.

IL ÉTAIT TEMPS,... UNE SOMBRE HISTOIRE DE TUYAUTERIE, RIEN DE GRAVE ...

T'EN FAIS PAS, JE VAIS BIEN.

LIS PLUTÔT LE JOURNAL, Y'A PLUS TRISTE.

VRRRROOO

À LA UNE, CE TYPE QUI A TUÉ TOUS CES GENS DANS LE MAC SHIT...

ET CE CLOWN QUI A SIGNÉ UN CONTRAT AVEC CAMUS POUR UNE TOURNÉE INTERNATIONALE...

OU CE GRAFFEUR QUI VA EXPOSER À NEW YORK.

CETTE FILLE QUI A DÉTOURNÉ 50 000 EUROS À UNE ASSO' CONTRE LE CANCER...

SANS OUBLIER CELUI QUI EST DEVENU GRAND PATRON APRÈS QUINZE ANS DE **RME**...

EH BIEN, CE SONT TOUS DES HABITUÉS DU COURS JU'.

JE LES CONNAIS BIEN, CES GLANDUS.

ET QU'ILS FASSENT QUELQUE CHOSE — EN BIEN OU EN MAL — ÇA ME SURPREND... MOU-MOUS COMME ILS SONT.

VOUS PENSEZ QUE ÇA A UN RAPPORT AVEC LA DROGUE QUE DISTRIBUAIENT LES DEALERS, QUE NOUS AVONS ARRÊTÉS ?

C'EST LÀ-DESSUS QUE JE VAIS TE DEMANDER D'ENQUÊTER, JE LES AI FAIT RÉUNIR AU COMMISSARIAT.

PENDANT CE TEMPS, JE VAIS ESSAYER DE COMPRENDRE CE QUI RELIE TOUS LES GUS QU'ON A ARRÊTÉS APRÈS LE CARAMBOLAGE D'HIER.

EUX, ILS SONT À L'HOSTO.

IL CONDUIT MIEUX QUAND IL NE REGARDE PAS...

RETROUVE-MOI LÀ-BAS ENSUITE.

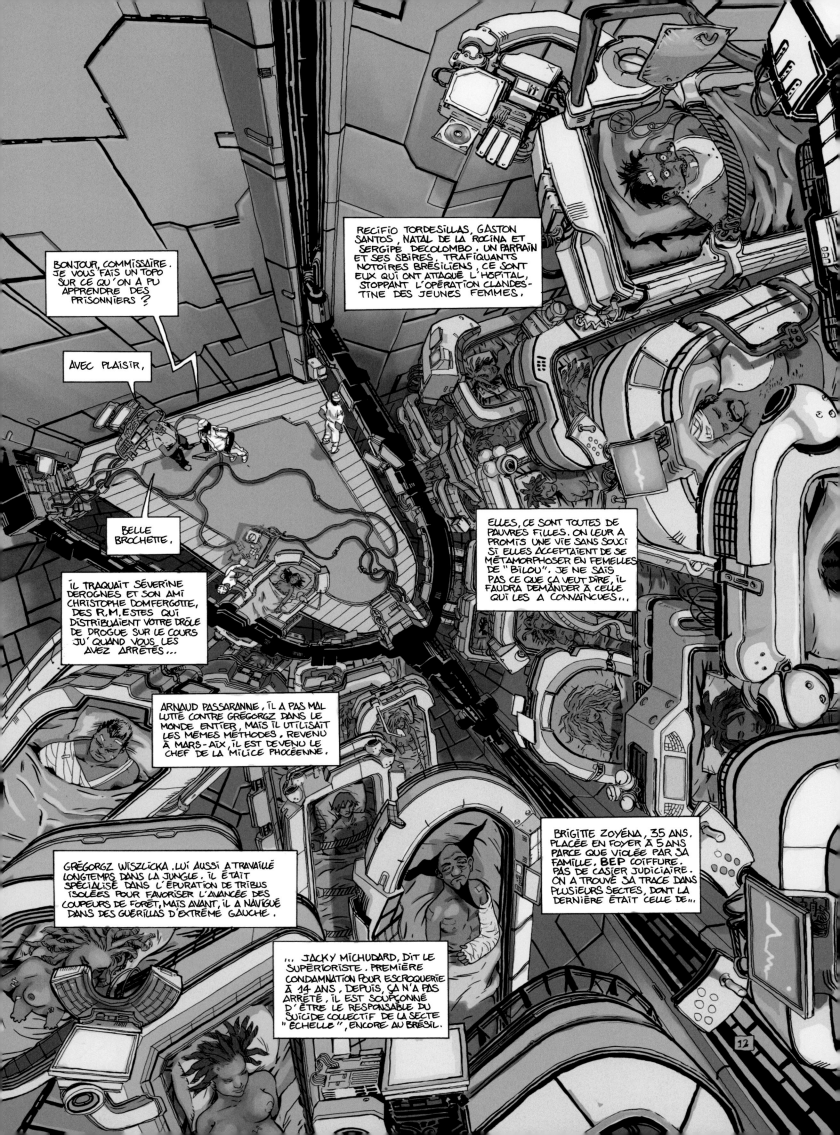

TOFF, RÉPONDS-MOI !!

HRRMM ...

C'EST VRAIMENT TOP, TON PETIT PARADIS, PAGNOL.

PAS UN SEUL KLAXON, BEUGLEMENT DE KAKOU OU ORGASME DE BIMBO POUR TE RÉVEILLER EN SURSAUT.

C'EST VRAIMENT TOI, LE ROI DES BONS PLANS.

SMACK ?

M'ENFIN C'EST PAS CE QUE JE TE DEMANDE !!

JE VEUX SAVOIR POURQUOI MA SEV' N'EST PAS AVEC TOI !

HOLÀ, C'EST UNE TROP LONGUE HISTOIRE POUR LA RACONTER MAINTENANT.

MAIS PROMIS, J'TE DIS ÇA DÈS QUE MON PETIT POTE ET MOI ON S'EST REMIS DE LA MARCHE DANS LA CANICULE...

FAIS UN EFFORT BON SANG !!

J'SUIS INQUIET MOI... TOFF ?!...

TOOOFF !!

ZZZZ

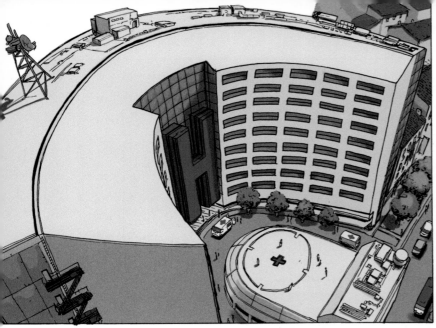

VOUS ALLEZ ME DIRE QUI EST CE NAIN À DREADLOCKS QUE VOUS POURSUIVEZ TOUS, ET QUEL RAPPORT IL A AVEC CETTE NOUVELLE DROGUE !

JE VEUX SAVOIR L'EFFET QU'A EU SUR VOUS LA DROGUE RÉCUPÉRÉE SUR LE COURS JULIEN,

MÊME SOUS LA TORTURE, J'AI JAMAIS BALANCÉ AUX POULAGAS !

CHIRURGIEN MAURICE BARENARE ?

JE N'AI EU DROIT QU'À UN MINI-ÉCHANTILLON, QUI M'A HYPER MOTIVÉ À OPÉRER LES JEUNES FEMMES POUR LES FAIRE RESSEMBLER À DES EXTRATERRESTRES. MAIS JE N'ÉTAIS PAS LE SEUL, HEIN !... AU MOINS 20 COLLÈGUES ONT PRATIQUÉ SOUS LA DIRECTION DE FEU LE PROFESSEUR TROUHAI.

ON N'A AUCUN SOUVENIR, LE CHOC OPÉRATOIRE SANS DOUTE ...

MONSIEUR MARIUS SITDONE ?

JE SUIS EN TRAIN D'ÉCRIRE UN ROMAN SUR MES 40 ANS PASSÉS LE CUL SUR LE COURS JU', C'EST UNE FICTION, MAIS J'EN AI DES TRUCS À BALANCER MOI ...

JE SUIS UNE CONTRIBUABLE HONNÊTE, VICTIME D'UN MALENTENDU !!!

DOCTEUR LUC RUELLAND ?

J'AI ENFIN EU LE COURAGE DE DÉMISSIONNER DE LA MÉDECINE LÉGALE POUR FAIRE LE TOUR DU MONDE SUR MON VOILIER, VOS COLLÈGUES M'ONT PRÉVENU JUSTE AVANT QUE JE NE QUITTE LA RADE ...

14

JE NE PARLERAI QU'EN PRÉSENCE DE MON AVOCAT !!

MONSIEUR ANGUS GUSSE ?

FRANCHEMENT, J'AI SOUDAIN EU LE COURAGE D'ALLER CHERCHER DU TRAVAIL ! POUR L'INSTANT, JE NE SUIS QUE MANŒUVRE, MAIS JE BOSSE DUR POUR ÉVOLUER DANS LA SOCIÉTÉ.

...

MONSIEUR FRANCIS TOSZÉTOALE ?

C'EST COMME SI J'ÉTAIS DEVENU LE GRAND ARTISTE QUE J'AVAIS TOUJOURS RÊVÉ D'ÊTRE ! J'AI SIGNÉ UN CONTRAT MIRIFIQUE AVEC UN PRODUCTEUR DE LAS VEGAS, JE PARS DÈS DEMAIN,

LA MILICE N'A PAS DE COMPTE À RENDRE AUX FLICS !!

INSPECTEUR HENRI POULX ?

MOI ET LES COLLÈGUES, ON N'AURAIT JAMAIS DÛ SNIFFER DANS LE PAQUET DE MARIUS, JUSTE APRÈS, ON N'A PAS PU RÉSISTER À LA PULSION DE SE TAPER CE TRAV' QUI NOUS SNOBAIT DEPUIS LE MATIN. VOUS N'ALLEZ PAS PRÉVENIR LA HIÉRARCHIE QUAND MÊME ?

JE NE COMPRENDS RIEN À TOUTE CETTE HISTOIRE. JE VOUS JURE !!

MONSIEUR CHARLES MANNESONE ?

J'AVAIS TOUJOURS RÊVÉ DE ME FAIRE TOUS CES ENFOIRÉS QUI ME PRENAIENT POUR LEUR LARBIN !! LA POUDRE M'EN A DONNÉ LE COURAGE, ET FRANCHEMENT, **JE NE REGRETTE RIEN !!!**

... BON ...

BIEN !!

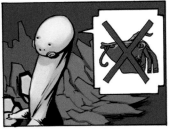
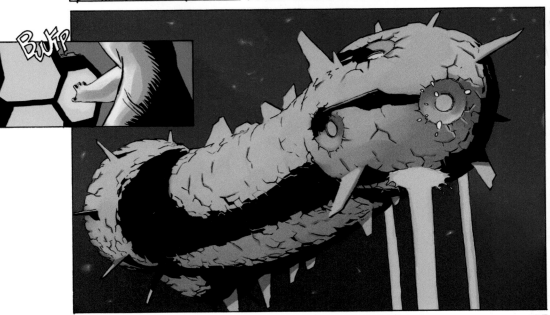

..., S'AGIRAIT DONC D'UNE DROGUE — ENFIN D'UN PRODUIT QUI POUSSE LES GENS À SE RÉALISER,

VISIBLEMENT, ÇA LEUR DONNE LE COURAGE DE FAIRE CE QU'ILS ONT TOUJOURS EU ENVIE DE RÉALISER, SANS EN AVOIR JAMAIS EU L'AUDACE,

DIT COMME ÇA, ÇA PARAÎT VRAIMENT GÉNIAL, SAUF QUE POUR CERTAINS, L'ACCOMPLISSEMENT SE FAIT D'UNE MANIÈRE VRAIMENT IGNOBLE !

LE CARCAN MORAL DE NOS SOCIÉTÉS INHIBE CERTAINEMENT LES GENS, MAIS POUR CERTAINS, C'EST **VRAIMENT PRÉFÉRABLE** !!!

JE NE VOUS RACONTE PAS LE **CHAOS** QUE CE SERAIT SI TOUT LE MONDE SNIFFAIT CE TRUC !

À CE PROPOS, COMMISSAIRE, VOUS EN AVEZ APPRIS PLUS SUR LA MANIÈRE DONT IL EST FABRIQUÉ ?

NON.

ET TU VEUX SAVOIR POURQUOI ?

JE..., BIEN SÛR

PARCE QUE JE SUIS UN FLIC FOIREUX !!!

MÊME SI J'EN AI SOUVENT RÊVÉ, JE N'AI AUCUN CHARISME...

ET JE N'AI JAMAIS IMPRESSIONNÉ AUCUN MALFRAT,

ALLONS, COMMISSAIRE, IL NE FAUT PAS DIRE ÇA,

MOI, JE VOUS TROUV...,

MAIS MAINTENANT, JE SAIS COMMENT DEVENIR PLUS COUILLU QUE L'INSPECTEUR HARRY !

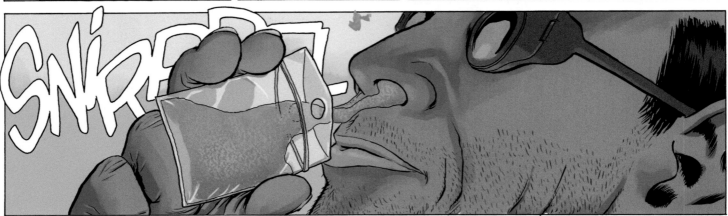

SNIRRR

IL N'Y A RIEN DE PIRE QUE LA PLUS GRANDE DES CHANCES, QUAND ELLE DEVIENT LA PLUS TERRIBLE DES DÉCONVENUES UN INSTANT APRÈS...

EN POURSUIVANT GRÉGORGZ, LE DERNIER DES MERCE- NAIRES À AVOIR DÉCIMÉ NOTRE TRIBU, NOUS AVONS ENFIN RETROUVÉ HUIZILO- POCHTLI, NOTRE DIEU,

MAIS L'ARRIVÉE INOPINÉE DE CES... CES CHOSES DE L'ESPACE NOUS A FAIT PERDRE LES DEUX D'UN COUP !

MONSIEUR, VOUS POUVEZ MONTER LE SON DE LA TÉLÉ, S'IL VOUS PLAÎT ?

TU CROIS QUE C'EST LE MOMENT, JURUA ?!

PILE-POIL, MONSIEUR,

PARCE QUE LES BRÈVES NE DURENT PAS LONGTEMPS, PAR DÉFINITION, MONSIEUR.

CARAMBOLAGE sur la route de la CORNICHE ⟨BRÈVES

...MOIGNAGES RECUEILLIS SUR PLACE, LES PREMIÈRES VOITURES SERAIENT SORTIES DE LA ROUTE PARCE QU'UN FOU EN CAMIONNETTE LEUR AURAIT TIRÉ DESSUS...

BRÈVES

LE VÉHICULE DU TIREUR AURAIT ENSUITE PERCUTÉ UNE VOITURE À TÊTE DE BUFFLE ET LE VÉHICULE D'UN OFFICIER DE LA MILICE, AVANT QU'UNE MOTO NE VIENNE SE JOINDRE AUX CARCASSES...

BRÈVES

LES CIRCONSTANCES DE CET ACCIDENT RESTENT OBSCURES, MAIS LA POLICE A PROMIS UNE CONFÉRENCE DE PRESSE DÈS QU'ELLE EN SAURA PLUS...

BRÈVES

REGARDEZ !

LES AMBULANCES EMMÈNENT TOUT LE MONDE, SOUS LA SURVEILLANCE DES FLICS...

DONC JE SAIS OÙ ILS SONT !!!

J'AI GLANDÉ DEVANT L'ENTRÉE DE CET HÔPITAL PENDANT DES HEURES EN VOUS ATTENDANT.

18

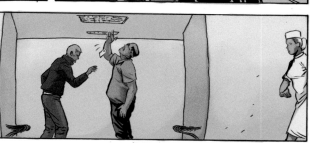

CETTE FOIS, C'EST FINI !

PLUS PERSONNE NE ME PRENDRA PLUS JAMAIS POUR UNE BALTRINGUE !

ET CES PELLES À MERDE DE LATINOS VONT ÊTRE LES PREMIERS À DÉCOUVRIR LE NOUVEAU MICHEL SARDON.!!

SLAM

MAINTENANT VOUS ALLEZ ME RÉPONDRE !

ET PLUS VITE QUE ÇA !!!

FLAP

FLAP

YOYAHHH

BIEN DORMI MOI...

Y'A UN P'TIT DÉJ ?

NON MAIS TU RIGOLES ?
IL EST 19 H 45 !

AVEC TON POTE, VOUS AVEZ
DORMI TOUTE LA JOURNÉE.

ET JE VEUX
SAVOIR OÙ EST
SÉV ?!

VOUS AVEZ
DU PAIN ...

VOUS AVEZ
DU LAIT ...

VOUS AVEZ DU MIEL ...

ET DU BEURRE ?

EUH ...
... OUI,

EH BIEN JE NE PARLERAI
QU'EN PRÉSENCE DE
MON BANANIA !

FLASH

IL EST DEVENU LEUR DIEU = HUIZILO-POCHTLI.

SON "POUVOIR" A DONNÉ LE COURAGE À L'UN D'EUX DE PARTIR À LA DÉCOUVERTE DU MON[...]

CHATCHMOOL, AVEC SON SENS DE L'ÉTHIQUE ET DES AFFAIRES, EST DEVENU LE PONTE MONDIAL DE LA PHARMACOPÉE ALTERNATIVE,

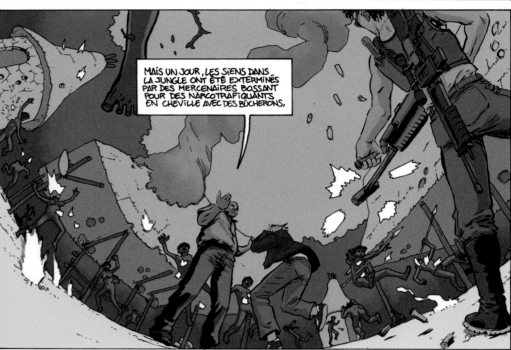

MAIS UN JOUR, LES SIENS DANS LA JUNGLE ONT ÉTÉ EXTERMINÉS PAR DES MERCENAIRES BOSSANT POUR DES NARCOTRAFIQUANTS EN CHEVILLE AVEC DES BÛCHERONS,

APRÈS QUE LES SECONDS SE FURENT SERVIS EN BOIS, LES AUTRES FAISAIENT POUSSER DES CHAMPS DE PAVOT.

ENFIN BON, TOUJOURS EST-IL QUE GRÉGORGZ A RENCONTRÉ LE SPACE BOB, GRÂCE À SES SPORES, LE TUEUR OSA ENFIN ÊTRE GENTIL.

MAIS LES NARCOS SE SONT DIT QUE C'ÉTAIT UNE SUPER OCCASE DE SE FAIRE DES COUILLES EN OR, CE BESTIAU...

GRÉGORGZ A REFUSÉ DE LEUR FILER, IL S'EST FAIT À MOITIÉ DESCENDRE,

UGLB

EN FUYANT, IL EST TOMBÉ CHEZ LE SUPÉRIORISTE QUI VENAIT DE SUICIDER SON ANCIENNE SECTE, SEULE BRIGITTE AVAIT SURVÉCU,

ELLE QUI RÊVAIT DEPUIS LONGTEMPS DE TOMBER AMOUREUSE D'UN MEC HORS DU COMMUN, ELLE A EU LE COUP DE FOUDRE IMMÉDIAT.

POUR NE PAS QUE SON CHÉRI S'ENNUIE, ELLE A FOURGUÉ DE LA DROGUE À CERTAINS CHIRURGIENS DU C.H.U., POUR QU'ILS TRANSFORMENT QUELQUES FILLES PALMÉES, MAIS VOLONTAIRES.

ELLE S'EST TIRÉE AVEC, ET COMME ELLE EST DE LA RÉGION, ELLE A LOUÉ LA MAISON SUR LA CÔTE.

ELLE VOULAIT LUI FAIRE UN HAREM QUI LUI RESSEMBLE.

SI L'OPÉRATION AVAIT ÉTÉ UN SUCCÈS, ELLE AURAIT ALORS ACHEVÉ À SON TOUR SA PROPRE MÉTAMORPHOSE.

MAIS LE SUPÉRIORISTE AVAIT RETROUVÉ SA TRACE GRÂCE À LA NOUVELLE SECTE INTERNATIONALE QU'IL N'AVAIT FONDÉE QUE DANS CE BUT.

QUANT À GRÉGORGZ, IL A FAIT JOUER SON RÉSEAU DE BARBOUZES MULTI-ETHNIQUES.

HORMIS CEUX AVEC QUI IL ŒUVRAIT DANS LA JUNGLE, CAR ILS ONT ÉTÉ DESCENDUS PAR LES SNIPERS INDIENS DE CHACTHMOOL.

LES NARCOS, EUX, ONT SUIVI LA DOPE QU'ELLE A DISTRIBUÉE TOUT AU LONG DE SON VOYAGE, POUR LE PAYER.

C'EST COMME ÇA QU'IL S'EST POSÉ À MARIGNANE.

LA PULPEUSE SÉV ET SON MEC SONT ARRIVÉS LA NUIT PRÉCÉDENTE À L'HÔPITAL POUR FAIRE SOIGNER SON PÈRE: PAGNOL, DÉPENDANT AU FANTASMATICQ 3.6™.

C'EST LÀ QU'ILS ONT RECROISÉ PASSARANNE, CHEF DE LA MILICE PHOCÉENNE, QUI LEUR EN VEUT À MORT.

ILS ONT RÉCUPÉRÉ LA VALISE DE POUDRE QUE BRIGITTE DESTINAIT AUX DOCTEURS ET QU'ELLE A PERDUE LORS DE LA FUSILLADE ENTRE LES NARCOS ET LES FLICS D'INTERVENTION.

LE LIEN SE FAIT PARFAITEMENT AVEC CE QU'ON A VÉCU, PAS VRAI ?

EUH... OUI, BIEN SÛR ...

BON, PLUS QU'À NOUS RENDRE À LA MAISON DE CAMPAGNE DE CE PAGNOL.

ELLE VA NOUS MONTRER LE CHEMIN LA P'TIOTE.

LA PETITE SALOPE ?!

C'EST LÀ QU'ELLE AVAIT RENDEZ-VOUS AVEC TOFF SI LES CHOSES TOURNAIENT MAL.

SI ELLE CROIT QUE JE VAIS LA LAISSER FILER COMME ÇA ...

JE ME SENTIRAI PLUS À L'AISE UNE FOIS QUE TOUS CES CRABES SERONT DANS LE MÊME PANIER.

SHTAK

ELLE SE GOURE !!!

24

HEY!! PASSARANNE, N'OUBLIE PAS TON MEILLEUR ENNEMI...

MES NANOMACHINES NE M'ONT PAS ENCORE ASSEZ GUÉRI POUR QUE JE DÉCHIRE LES SANGLES.

PUTAIN, C'EST BIEN PARCE QUE JE NE T'AIME PAS !

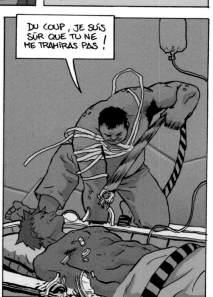

DU COUP, JE SUIS SÛR QUE TU NE ME TRAHIRAS PAS !

JE TE LAISSE LA PETITE DÈS QU'ELLE M'A AMENÉ À SPACE BOB, OK?

JE NE PEUX VRAIMENT RIEN TE REFUSER. PUTAIN DE COMMUNISTE !

C'EST QUOI, CE BORDEL ?

25

TIENS, TOUT A CHANGÉ CE MATIN, JE N'Y COMPRENDS RIEN, C'EST LA FÊÊÊTEUH, LA FÊÊÊÊTEUH...

TING

MAIS... C'EST PAS UNE CHANSON DE MICHEL FUGAIN ÇA, NON ?

OUI, POURQUOI ?

POUR RIEN, POUR RIEN...

JEUNES ET VIEUX, GRANDS ET PETITS, ON EST TOUS AMIS...

ON VA LES PERDRE, ILS ONT PRIS L'ASCENSEUR !!

C'EST LA FÊÊTEUH LA FÊÊÊTEUH...

KATOOM

IL Y A UN CHEMIN PLUS RAPIDE !

SCRATCH

BZ####N

ALLEZ CHEF !! ON PEUT ENCORE LES RATTRAPER,

KSHR

MAIS PUISQUE JE VOUS DIS QUE JE NE PEUX PAS ME LEVER, CARAYO !

DZ!!!!!!!

J'AI LE BASSIN DANS LE PLÂTRE AU CAS OÙ VOUS N'AURIEZ PAS VU !!

DESCENDEZ LES ROUES DU BRANCARD,

QUAND MÊME, VOUS N'EN SERIEZ PAS LÀ SI VOUS AVIEZ ACCEPTÉ DE L'AIDE SUR LA CORNICHE,

NATAL, FERME TA BOCA !!!

FLASH

IL MANQUE UN PEU DE CONFIOTE PRÈS DU CROÛTON LÀ-BAS.

PLAF

BON ÉCOUTE, CETTE FOIS J'EN AI PLEIN L'OGNON DE FAIRE TOUTES TES DONDAINES !

ALORS TU ME DIS **OÙ** TU AS LAISSÉ MA FILLE OU JE TE FAIS BOUFFER TOUT CE QU'IL Y A EN FACE DE TOI, TABLE COMPRISE, **COMPRIS** ?!

HOOLÀA, PAGNOL... FALLAIT LE DIRE DE SUITE QUE TU ÉTAIS PRESSÉ...

SLURP

MAIS JE VAIS M'LE FAIRE, IL EST ENCORE PLUS LYMPHATIQUE QU'AVANT !!!

ALORS POUR COMPRENDRE POURQUOI JE SUIS SÉPARÉ DE SÉV, IL FAUT QUE JE VOUS RACONTE CE QUI S'EST PASSÉ DEPUIS QUE VOUS AVEZ QUITTÉ MARS-AIX EN NOUS LAISSANT LA VALISE DE SPORES.

T'AS VU ÇA ? C'EST GÉNIAL, HEIN ?

J'AURAIS JAMAIS ESPÉRÉ POUVOIR PARVENIR À UN TEL NIVEAU DE **COOLITUDE.**

ET ÇA, C'EST GRÂCE À MON NOUVEAU COPAIN, LÀ...

ET C'EST AUSSI GRÂCE À SON ÉPIDERME MAGIQUE QUE VOUS ÊTES ICI, D'AILLEURS.

SPLISH

GRÖT!

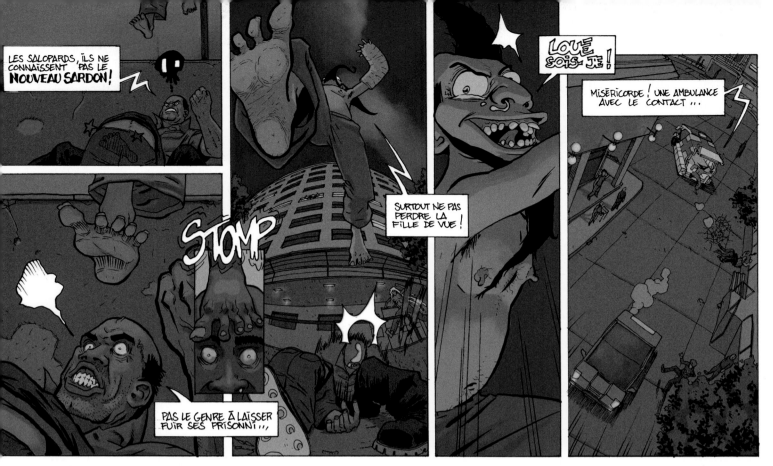

FLAP FLAP FLAP

"FLAP-FLAP"?

ON NE SÈME PAS SARDON AUSSI SIMPLEMENT.

FLAP

PLUS VITE, JEUNE HOMME!!

POLICE NATIONALE, JE RÉQUISITIONNE CE VÉHICULE!

VOUS SAVEZ CONDUIRE CES ENGINS?

AUSSI FACILEMENT!! QU'UNE VOITURE!!

JE VAIS PRENDRE DE L'ALTITUDE, ES- SAYE DE REPÉRER NOS FUYARDS!

VISITEZ, M

ILS QUITTENT L'HÔPITAL, MONSIEUR CHACTHMOOL.

NE LES PERDS PAS DE VUE.

31

DANS LE VILLAGE, IL FAUT TOURNER À GAUCHE

VRROOOOOO

RROOAAAR

WRÎ

FLASH

RRRooaaa

IL FAUT PRENDRE LE PETIT CHEMIN, LÀ.

SPAF

ON CONTINUE À PIED !!

32

MAINS EN L'AIR ! MÊME CEUX QUI EN ONT QUATRE !

RÉCUPÉREZ HUIZILO- POCHTLI !!

ET ÉLIMINEZ TOUS CEUX QUI S'Y OPPOSENT !

SOYEZ SANS PITIÉ !

JE N'AI PAS SURVÉCU À TOUT ÇA POUR LE LAISSER DISPARAÎTRE !

GÉNIAL, ON REPART VERS LE FRISSON DE L'INCONNU !

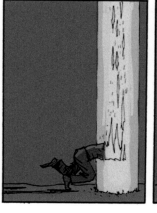

PFF, J'AI BIEN CRU QUE JE N'ARRIVERAIS PAS À TEMPS...

MAIS ?! JE VAIS MOURIR...

... FLOP

DES ... DES BILOU ...

DES BILOU EMPRISONNÉS PARTOUT !!

...

ALORS PAGNOL, TU REGRETTES TOUJOURS L'INVESTISSEMENT DANS UNE TABLE EN FER FORGÉ ?

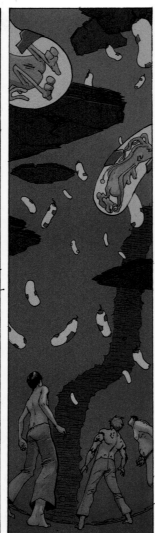

DES HEUREUX!

DES HEUREUX!

DES HEUREUX!

LA DROGUE!...

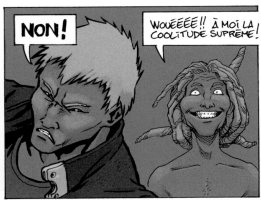

NON!

WOUÉEEEE!! À MOI LA COOLITUDE SUPRÊME!

RESTEZ SUR LA PLATEFORME, COMMISSAIRE!!

COOL, ÇA VA ÊTRE TROP DE BONHEUR!

JE REVIENS!

IL DOIT BIEN Y AVOIR UN AUTRE PUPITRE DE CONTRÔLE.

HHHHHAP

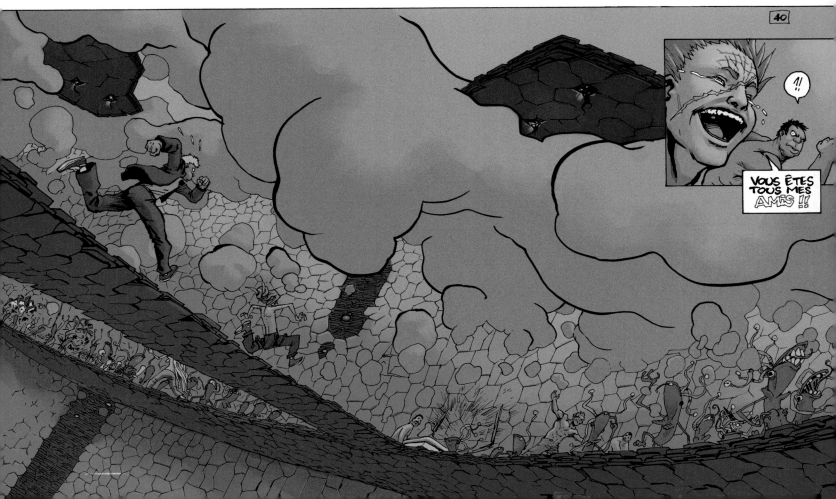

VOUS ÊTES TOUS MES AMIS!!

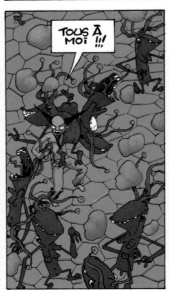

42

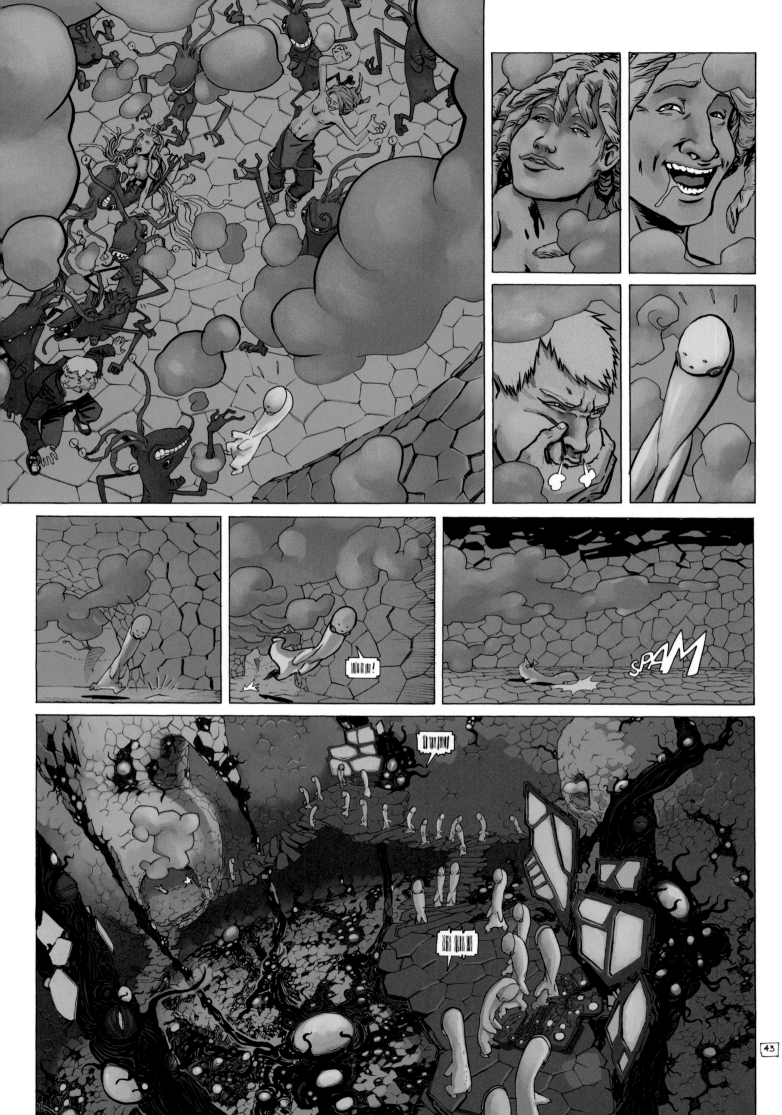

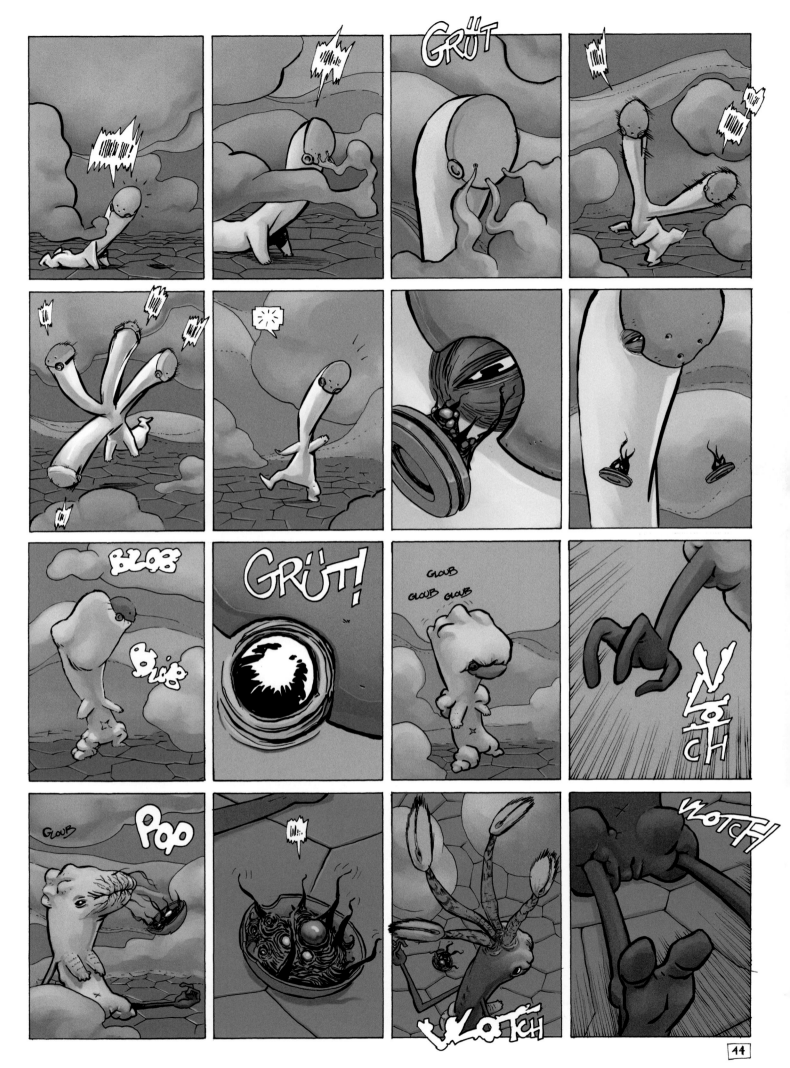

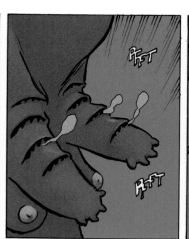

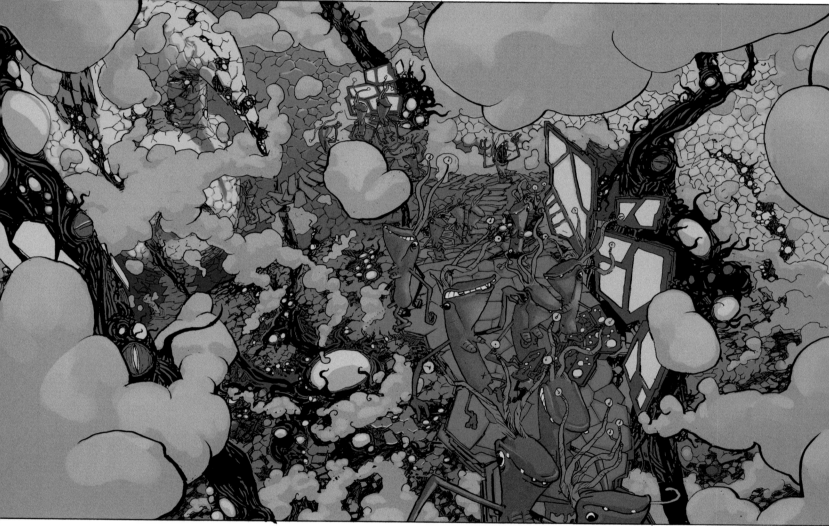

C'EST **OUF** ! LE VAISSEAU DEVIENT TOUT **FOU** !!!

GOOOOL

BEUH ?

ZZZAP

WOUHOU ! LA SORTIE !

PFFKOMIFFAIRE !!

RESTEZ ! TROUVEZ-MOI D'ABORD LE VRAI HUIZILO-POCHTLI !

FAIS-LE TOI-MÊME ! WHA HA HA !

SANTOS, IL FAUT Y ALLER !

GNÉ HÉ HÉ

NON ! TU RESTES ICI AVEC MOI ET TU M'AIDES À RAMASSER DES BESTIAUX, NOTRE FORTUNE EST FAITE !

VA MOURIR ! PERSONNE NE ME DONNE D'ORDRE ! JE ME TIRE D'ICI !

46

KOH TAO, THAÏLANDE.

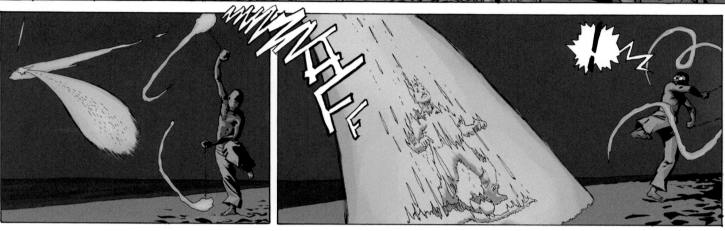

MAIS JE FAIS QUOI ICI, LÀ, MOI ?

HUM...

AH MERD'...

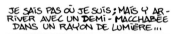

JE SAIS PAS OÙ JE SUIS ; MAIS Y AR-RIVER AVEC UN DEMI-MACCHABÉE DANS UN RAYON DE LUMIÈRE...

QUEL QUE SOIT LE BLED, ET FLIC OU PAS, ÇA FAIT DÉSORDRE.

JE CROIS BIEN QUE JE SUIS PAS PRÈS DE RENTRER À MARS-AIX !

BROOMMBLL

ÇA CRAINT VRAIMENT !

VITE, LE RAYON VA DISPARAÎTRE !!

TROP TARD !

47

QUELQUE PART AU-DESSUS DU DÉSERT DE GOBI.

ON EST COINCÉS! ON VA TOUS Y PASSER!!!

RESTE COOL MAN, 'Y A JUSTE À ATTENDRE QUE LE RAYON SE RALLUME.

DONNE! CELUI-LÀ AUSSI EST À MOI!

DANS TES RÊVES.

R:HAAA

HUIZILO-POCHTLI?!! OÙ ES-TU?

OH OUI! LE BONHEUR!

MAIS?!

MES BILOU, QU'EST-CE QUI VOUS ARRIVE?

48

LHASSA, TIBET.

50

BEN QU'EST-CE QUI LEUR PREND, À CEUX-LÀ ?

LE VAISSEAU VIBRE À TOUT ROMPRE, LE CHOC EST IMMINENT, ILS LE SENTENT.

ET ÇA, CE DOIT ÊTRE LEUR SYS-TÈME DE SURVIE.

POUR L'INSTANT, C'EST LA NÔTRE, DE SURVIE, QUE J'ARRIVE PAS À SENTIR !

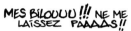

MES BILOUUU !!! NE ME LAISSEZ PAAAAS !!

REVENEZ IMMÉDIATEMENT ! VOUS M'APPARTENEZ !

MA FORTUNE QUI S'ENVOLE...

C'EST LA FIN, ALORS, MON SALAUD, HEUREUX ?

JE VAIS SURVÏÏÏVRE !

HUI... HUIZILO... POCHTLI

IL ATTEND QUOI, LE RAYON ?

V'EN PFEUX PFLUS !

HÉ ! LA LUMIÈRE !!

KRRRRLAFFF

LES FILLES DE MARSEILLE, QUAND LES BEAUX JOURS S'ÉVEILLENT, ONT DU TEMPÉRAMENT CRIC CRAC

J'AI RENCONTRÉ BOBONNE DANS LES BOUCHES-DU-RHÔNE, AU FEU DE LA SAINT-JEAN,

JE LUI AI DIT MA KIQUE, VEUX-TU QUE JE T'EXPLIQUE, LES FLEURS SENTENT AUSSI BÔÔÔONN.

JE TE FERAI DES CHOSES, TU EN DEVIENDRAS ROSE, PEUCHÈRE ELLE ME RÉPOND.

FADAAAAAA, DIS-MOI DES MOTS, DES MOTS QUI M'ESCAGASSENT CRIC CRAC

SI TU VEUX PAS QUE JE SOIS DE GLACE CRIC CRAC

PARLE-MOI-BAVARDE COMME UNE AGACE, J'ÉCOUTERAI JUSQU'À DEMAIN. SURTOUT SI TU ME PARLES AVEC LES MAINS.

HEY, MAIS OÙ TU VAS LÀ, TOI ?

1/ LES COMMISSAIRES, ON LES TUTOIE PAS QUAND ON EST JUSTE PREMIÈRE CLASSE. 2/ JE VAIS À MARS-AIX, C'EST PAS LA ROUTE ?

SI MAIS...

MAIS LA VILLE A ÉTÉ FERMÉE À CAUSE DES ÉMANATIONS DE SPORES ÉMISES PAR LES EXTRATERRESTRES, POUR ÉVITER QUE LE BONHEUR N'ENVAHISSE LA FRANCE....

J'AI UN LAISSEZ-PASSER POUR RENTRER CHEZ MOI.

TRÈS BIEN... N'OUBLIEZ PAS VOTRE MASQUE.

LALALALALA, LALALALALA, LALALALALA....CRIC CRAC

LALALALALA CRIC CRAC

ESPÈCE D'ENCULÉ DE FILS DE PUTE VÉROLÉE !!

LES GENS QUI PARLENT PAS, ÇA M'AGACE, QUI RESSEMBLENT À DES STATUES.

J'VAIS T'EN DONNER, MOI, DU BONHEUR !

PAUVRE DE MOI, LE SILENCE Y ME TUE. LALALALALA, LALALALALA, LALALALALA, CRIC CRAC

EH BIEN, MON PETIT DELAVERGUE, JE VOIS QUE VOUS AVEZ PRIS DE L'ASSURANCE EN 10 MOIS,

COMMISSAIRE SARDON ?!

C'EST... C'EST VOUS QUI CHANTIEZ CETTE CHANSON ?

MON PÈRE FERDINAND LA CHANTAIT EN BOUCLE, OUI.

JE... JE N'ESPÉRAIS PLUS VOUS REVOIR, J'AVAIS FAIT MON DEUIL...

C'EST VRAI, J'AURAIS PU DONNER DES NOUVELLES... MAIS AVEC TOUTES LES SPORES QUE J'AVAIS RENIFLÉES, J'ÉTAIS TELLEMENT BIEN QUE RIEN D'AUTRE QUE MOI NE M'IMPORTAIT VRAIMENT.

ÇA FAIT UN BIEN FOU, DE SAVOIR QUI ON EST, TU VERRAS.

ET SI AU PIRE T'ES UN FOU CRIMINEL, JE TE SÈVRERAI AVEC LE MASQUE, LE TEMPS QUE TU REDEVIENNES "NORMAL".

EN REVANCHE, TOI, TU DOIS ÊTRE FRUSTRÉ À MORT POUR T'EN PRENDRE À QUELQU'UN COMME ÇA.

IL SERAIT PEUT-ÊTRE TEMPS QUE TU ENLÈVES CE MASQUE POUR TE RÉVÉLER ENFIN À TOI-MÊME, TU NE CROIS PAS ?

JE NE PEUX PAS...

VRAIMENT, JE NE...

NON, JE...

JE VOUS JURE QU'IL NE...

53

FWAP

ALLEZ PETIT...

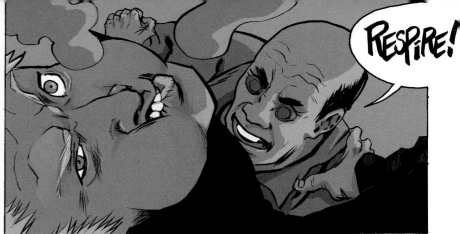

RESPIRE!

HAAAAAP'

TAP

ALORS?

COMMISSAIRE, IL Y A QUELQUE CHOSE QUE JE DOIS VOUS DIRE DEPUIS LA PREMIÈRE SECONDE OÙ JE VOUS AI VU...

JE VOUS AIME!

DIEUX À LES BOULES

GAME OVER

MORVAN
LEJEUNE
BROCHYPELMAN